이웃집 불빛

시작시인선 0530 이웃집 불빛

1판 1쇄 펴낸날 2025년 04월 30일
지은이 박순희
펴낸이 이재무
기획위원 김춘식, 유성호, 이형권, 임지연, 차성환, 홍용희
책임편집 이호석
편집디자인 김지웅
펴낸곳 (주)천년의시작
등록번호 제301-2012-033호
등록일자 2006년 1월 10일
주소 (03132) 서울시 종로구 삼일대로32길 36 운현신화타워 502호
전화 02-723-8668
팩스 02-723-8630
블로그 blog.naver.com/poemsijak
이메일 poemsijak@hanmail.net

ⓒ박순희, 2025, printed in Seoul, Korea

ISBN 978-89-6021-806-2 04810
      978-89-6021-069-1 04810(세트)

값 11,000원

이웃집 불빛

박순희

천년의 시작

시인의 말

버킷리스트 넘버원이라 던진 말

말은 귓속에 남아

멀리 보란 말 화두로 시와 사랑놀이 빠지더니

이슬처럼 흔적 없는 날들

시를 찾아 헤매다

바람 든 가슴에 또 별이 뜬다

2025년 봄

차 례

시인의 말

제1부

제3부

해 설

제1부

하늘배

−단풍

이번 생은 여기까지라고
사뿐히 이승의 나루터에 내려앉네

바람의 붓질로 고운
하늘배

관룡사 염불 소리 노를 삼아
가을 끝자락 데려가네

이레의 길

문우들과 걷는 둑길 벚꽃 터널

합창단들처럼 줄지어 선 벚나무들
연분홍 실크 꽃잎은 노래처럼 흩날린다
둑길 위로 가볍게 내려앉는 행복한 노,랫,말,들
두 손으로 받는다

벚꽃 터널 아래 사진을 찍는 문우들
문우들 얼굴도 피는 벚꽃이다

바람의 선율을 타고 와
벚꽃잎은 선물처럼 안긴다

하얀 블라우스 위에 꽃단추를 달아주고
연둣빛 리넨 치마에 꽃자수를 놓아주고
핸드백에 향을 꽂는다

둑길 아래

철쭉꽃들이 화사한 이레의 길을 따라

붉은 옷을 갈아입는다

빛을 붙든 나무

하루에도 빛과 그늘을 왔다 갔다 하는 그
친구들 보겠다고 여행 명단에 이름을 올렸다

가지마다 맺힌 옹이로
숨쉬기조차 버거운 나무
버스에 오른다

마른 잎이면 어쩌나 했는데
예전의 맑은 잎 그대로다
비가 오다 말다 한 날씨가 화창해진다

모기 소리만 한 목소리로 그가
연애할 때 속삭여서 좋지 않겠냐고
남자 아니랄까 너스레를 떤다

버스 가득
웃음의 잎사귀마다 하늘처럼 푸르다

초록의 바람이 하는 말

괜찮아

가다가 모르는 길이면 돌아가면 되니까
처음 가는 길이라면 서두르지 않아도 돼

마음이 급하다고 되는 것은 아니지
뭐든지 설익으면 먹지도 못하니까
잘 익히려면 기다릴 줄 알아야 하거든

감자 한 쪽도 한번 시작하면
뿌리 내릴 줄 알고 열매도 맺을 줄 알잖아

가는 길 짱돌 밭 만나면 조심조심 건너야지

가다가 지치면 창포 빛 하늘에다 마음을 씻어 봐
사는데 가슴에 빈방 하나쯤 있어도 괜찮아

길이 환해지기를
오월의 잎새들이 모두 응원하고 있어

꿈을 받아 적는다

어젯밤 묏등에 살포시 엎드려 보았다
사람들 여럿 산을 오르다 묘 주변 뒷전으로 앉아
내가 들어갈 묘지라 한다
생을 한 바퀴 돌아서 죽음도 두렵지 않더라
순리에 어긋나지 않게 부르면 간다는 것 알지만
아직 생을 놓지 않았는데
준비 없는 죽음 내 발로 들어가다니
아니다 싶어 눈을 떠보니 꿈이더라
꿈이 현실일지도 모를 기이한 꿈
눈앞의 생생한 사진처럼
두 팔 벌려 누워 보니 곱게 자란 잔디가 품 같더라
앞쪽으로 기찻길도 나 있고
키 큰 소나무 그늘을 드리우고 있는
사람들 간간이 오가는 외롭지 않은 곳이더라
살아생전 여태 닿지 못한 꿈
가지런히 놓인 신발처럼 시 한 수 놓고 오라고
꿈을 꾸었나
기이한 꿈 부적처럼 마음속에 넣어둔다

백지 위의 휴가

물이 켜이는 사막의 낙타처럼
시의 목마름에 천금 같은 사흘이 생겼다
짐을 꾸리지 않아도
시와 놀 수 있는 백지 위의 쉼
새해처럼, 첫눈처럼
시와 만나는 날
백지의 사막 속으로 마음을 들여놓으며
한 그루 시의 나무를 심는다
느린 듯 힘겨운 듯
백지 위로 잎이 터져 나오는
나무의 숨결을 마신다
바람처럼 앞서 달려가는 마음은 벌써
열매를 기다린다

장독

결혼한 이듬해 메주를 쑤어 오신 어머님
장은 친정에서 가져다 먹으면 못 산다는 말씀에
해마다 정월 말날[午日]이면 장을 담근다
매운 세월도 짠 눈물도 달처럼 비웠다 채웠다
뚜껑을 열 때면 내 살아온 날들을 여는
손때 묻은 항아리
지난겨울
장 담그려 우려 놓은 독이
사십 년을 함께 견뎌온 독이
번개 울음 한 번으로 금이 갔다
몸을 갈라놓듯
내 마음 뿌리까지 잔금이 졌다
으늑한 곳에 두었어도
하늘도 들여다보고 바람도 머물다 가는 장독
봄 여름 가을도
금이 간 독 안에서 익어간다
그저 옆에만 있어도 든든한 장독
생전 어머님의 온기가
정월 햇살에 비춰온다

백도행(白島行)

백도 경유지인
거문도

온 바다를 건져 올린 상차림에
늦도록 소주잔 기울이며
볼 터지도록 밀어 넣은 갈치회 쌈
바다낚시 좋아하는 친구 물 만난 듯
비린내 가신 맛 중 으뜸이랬다

간밤 먹이 찾아 헤엄치다
뱃사람의 낚싯줄에 걸린 갈치들
동트는 새벽 경매장은
갈치들로 살아서 펄떡이고 있다

줌으로 당긴 듯
백도가 눈앞에 들어온다

해천*의 인동초

스물셋, 결혼 예복을 맞췄던 해천 앞 러빙의상실
회색 코트에 검정 투피스를 어울리게 해주던 여인
문화영화를 보고 남진 리사이틀도 숨어 보던
제일극장 헐린 자리
큰 잡화점 들어선 오늘도
윈도우 안쪽에 마네킹처럼 앉아 있다
한 사람 한 사람의 품을 재어온 시간들
천변의 포장 가게들 다 사라지고
맞춤의상실 다들 기성복 가게로 바뀌어도
줄자 하나로 지켜온 오십 년
마네킹 옷감 위로 흘러간 해천의 시간들을
홀로 아스팔트 꽃길로 가꾸며 걸어온 여인

* 밀양시 내일동.

시님 만나는 날

국어대사전을 데려와 잠재운 지 십오 년
시님 만날 날을 약속하듯
한 아름이나 되는 사전을 안고 내려온다
살갗이라도 부비고 놀았으면
벌써 시인이 되었을 것을
때 묻지 않은 하얀 얼굴의
반짝이는 까만 눈동자들 눈에 담는다
마음속을 든든히 채워줄 양식을
그저 곁에 두고서도 잠재운 긴 시간

늦깎이로 눈뜬 마음
밥상에 올린 봄나물처럼
눈에 들어온 숫눈의 언어를 문장 속에 심는다
봄을 맞이하고 가을을 맞이하듯
내 안의 소리 내어줄 손님을 맞는다

붉은 눈

커피포트에 펄펄 끓인 물
국솥에 부으려다 뚜껑 사이로 발등에 쏟아졌다

조금 아려도 무쇠처럼 참고 지낸 사나흘
발등에 고기 허물처럼 일어난
소 눈알만 한 상처

빨간 눈이야
다섯 살 놀란 손녀 아빠한테 이른다

내가 봐도 섬뜩한
붉은 눈

내 안의 또 다른 내가
내게 대들 듯 눈알을 부라리고 있다

한 생을 가을 중턱에 올 때까지
집 하나 들고 다니는데
늙고 무딤을 핑계로 슬쩍 넘어가려다 죄수 된 마음

무딘 것이 벼슬이나 되는 것처럼 지혜를 덮어버린 내가

말 없는 눈길로 가슴을 찌르는

붉은 눈의 책망에 귀를 기울인다

화장

몸뚱어리는 화장로에 들고
화장로 밖 영(靈)은 지켜보는데
그 시간에 밥을 먹으란다

이승 떠나는 길 배웅 나왔다가
상주들 밥 못 먹을까
혹여 훼방꾼이 될까
마지못해 수저를 든다

몸뚱어리 태워지고 뼈 갈리는 동안도
눈물 구멍은 마른 연못처럼 버석한데
두어 술 뜨다 말고 밥 먹자는 소리 목에 걸려
끝내 봇물 터지듯 울음을 쏟는다

한 줌 재로 남은
한 생의 허물

화장장 마당 위로 나비 한 마리 가벼이 날아오른다

그렁그렁한 눈길로

허공 속으로 가지런히 풀리는 생의 매듭을 좇는다

연두의 시절

온통 벚꽃 천지이던 통바우산 아래
한눈에 들어오는 체육 시간
마음은 친구들 함께 배구 놀이를 한다

운동장에 친구들 보이지 않은 날엔
손 망원경으로 살피다
바위틈 키 작은 싸리나무에게
잘 견디는구나
한풀 꺾인 햇살처럼 중얼거린다
이슬 놀다 간 망개나무 잎에 적는다

교문 안 봄꽃들
여기저기 웃음꽃 한창일 때
소 뒷발이 무섭던 아이
아버지는 아픈 손가락을 보듬어 주지 않았을까

작은 운동화에 큰 발이듯
이 년 늦은 걸음으로
마음의 키를 맞추던 시간

청도 한재 미나리

동네 초입부터 차는 꼬리를 물고
축제장처럼 발 디딜 틈 없다
하늘 아래 이런 별빛 같은 동네가 있었나
식당마다 전등 켠 듯 환하다
못 잊을 미나리 맛을 찾아 북적이는 사람들 사이로
입을 훔치며 나오는 사람들 눈망울도
미나리처럼 윤기가 난다
통통한 처녀의 종아리처럼 물이 올라
상큼하고 아삭거리는 삼월 미나리
손은 거북 등 같아도
자식들 눈 뚫어 주고 끈 붙였다는 식당 아줌마들 말도
얹어
삼겹살에 미나리 둘둘 말아 된장 찍는다

마흔 세 번째 차리는 생일상
-고희(古稀)

생일상 한가운데 놓인 큰 조기 한 손
너붓이 살점 한 점
밥숟갈에 얹어준다

푸른 바다 헤엄치듯
뭍에서
뭍으로
발잔등이 붓도록 등 기대고 살았던
머리카락 몇 올 정수리 반질반질해진 사람

바라만 봐도 마음으로 읽는
늙은 황소 같은 눈빛으로
마음속 한 켠에 밝혀둔 정(情) 건네준다
첫 만남 흑백사진 연둣빛 시절도
아스라이 건네준다

사람안주

오월 푸르른 날
나이 듦을 시로 익혀 등단의 벽을 넘은 제자들
선생님께 인사 왔다

오롯이 한 길을 징처럼 빚고 빚어
온몸에 깊은 울림 배인
스승과 제자들

한 상 가득 부침개랑 백숙보다
잘 익은 시의 말씀들

맛과 향이 남다른 사람안주
내내 곡주가 달달했다

부부

눈만 봐도 마음으로 읽는 부부
병색이 짙을수록 남편은
아내의 치마끈을 붙잡는다
편도암 완치했으나 모래 씹듯 끼니마다 국수만 넘겨야
하는
남편을 지켜보는 아내 얼굴이 검버섯 밭이다
오랜만에 표충사를 걷는 날
소나무에 앉은 곤줄박이 담장 너머 홍매화
마음을 알아차린 듯 반긴다
한솥밥 먹는 이를 위해 탑돌이하고
관음전에 공양미를 올린다
관세음보살님 전에 마음을 내려놓는지
넓은 등을 기대던 시간을 만나는지
잠시 환해진 얼굴
아내의 손에는 염주가 들려 있다

도선생

도둑이 가져갈 거라곤 책밖에 없다는
어느 시인의 시를 읽다가
지난날 친정어머니의 도둑 이야기가 떠올라 웃음을 참
지 못한다
어머니 서울 딸내미 집 가셨다 한참 만에 돌아와 보니
도선생이 다녀갔다
밀양아리랑축제 때 소란한 틈을 타
노인 혼자 사는 집에 뭘 가져가겠다고 왔는지
장롱을 털어봤자 검은 봉지밖에 나오지 않은 것을
어머니 빨래를 삶아 백옥같이 우려내고 또 헹궈
쟁여둔 봉지
그걸 다 풀다가는 들킬지 모를 시간
끝내 풀지 못하고 두고 간 돈다발
책밖에 가지고 갈 것이 없다던 도둑의 지혜라도 훔쳤을까
어떤 길을 갔을까
도선생

진실의 입[*]

블랙 미러를 켜는 순간
진실의 입 앞에 선 오드리 햅번과 그레고리 팩
손이 잘렸다는 익살스러운 표정을 한다
참 오래된 영화인데
여행하다 그 앞에서 찍은 사진 한 장 내게 있다
그곳을 찾은 관광객들 줄 지어
참인지 마음을 묻는 진실의 입
우리 의사당 앞에 진실의 입을 옮겨 놓으면 어땠을까
마음은 온통 검은 피로 물든
손이 잘린 줄도 모르는 거짓 영혼들
진실의 입 하나쯤 품고 다닌다면

마음에 검은 티끌 한 점 없어도
오싹해지는 진실의 입

* 이탈리아 산타마리아인 코스메딘 성당 입구에 있는, 강의 신 홀로비
  오 얼굴 조각상. 로마 시대 하수구를 덮는 뚜껑으로 추정되며, 영화
  〈로마의 휴일〉로 유명해졌다. 거짓말을 한 사람이 손을 넣으면 손이
  잘린다는 전설이 있다.

융프라우*

차창에 뚝뚝 떨어지는 솜뭉치를 덮고
새벽 기차는 융프라우를 오른다
여신의 베풂으로 눈보라는 하얀 고요에 들고
푸른 눈동자로 시월의 하늘은 우리를 반긴다
눈도 가슴도 배부른 풍선
허공 속으로 메아리도 날리고
눈밭 속에 발자국도 묻는다
여신의 품 안에 잠시
여신의 숨결을 마시며 내려오자
인터라켄역(驛)의 햇살은 금세 봄날이다
드문드문 눈에 들어오는 양들과
풀밭 위의 집들
퐁뒤**와 한 잔의 칵테일로
여신이 주는 사계절 엽서에
하루를 담는다

* 융프라우-스위스 남부 베른 알프스산맥에 있는 한 봉우리.
** 퐁뒤-스위스 알프스 전통 음식

두 얼굴의 바람

평창 하늘목장
양털 같은 봄볕 아래
양들에게 먹이를 건네는 아이들
옷깃 스치듯 순한 바람 가슴 스며들더니
언제 그랬냐는 듯
새벽에는 부쩍 화난 얼굴이다
산등성이 나무도 뿌리째 흔들고
칼날의 쇠 울음소리로 창문을 베어낸다
아이들 이불 속으로 더욱 깊이 얼굴을 감추는
평창의 새벽
지워지지 않을 바람의 얼굴이
오래 압화로 찍힌다

거름의 사랑

아침 햇살 내리듯
에너지를 불어넣는 그녀

시든 나무에 거름을 붓는다

아이를 보살피듯 말을 건네기도 전에
얼룩진 마음 닦을 크린징을 보내지 않나
빈 주머니를 채워 주지를 않나

새로움을 찾아 나서라고 네 발을 달아줄 때도 그랬고
    노트북으로 넓은 바다에서 시를 건져보라고 할 때도 그
랬다

서로의 꽃이 되기를 염원해
이생에 엄마로 왔을지도 모를 그녀

가슴으로 내어주는 거름의 사랑 보리순 같아서
몰래 눈시울 적신다

몽돌

깎이고 깎인 몽돌 하나
어느 보살의 손에 건져졌다

아프게 채찍질하는 파도도
먹구름 몰고 가는 바람도

몸에 새긴 돌의 침묵

귀도 막고 입도 막고
허공 속에 풀어놓은 무수한 말들 불러와 채운 속
당당히 한몫하는 침묵으로
탁자 위에 환히 빛나는 말씀

그 오랜 묵언의 수행에 잠시 가슴을 데운다

제2부

길 없는 길

옆자리에 파커 펜을 쥐고 있던 소녀
백도(白桃) 같은, 융단 길 걸을 줄 알았던 소녀
불혹이 지나서야 만난 그 얼굴에
거미줄처럼 얽힌 그늘이 낯설다
바람에 닳은 손마디 나무껍질 같은 굵은 목소리
수렁에 빠진 날들 부처님을 수없이 찾았을 그
저문 길목에서 장대비 맞으며
홀로 빈 소주잔을 다시 채웠을 그의
길 없는 길을 듣는다
빗줄기 사이로 젖은 발걸음 소리 건너온다
마음속 빗장 하나로 벼랑길을 걷고 있다

늙은 닭의 오수(午睡)

든든히 빈속을 채우고
소파에 기대 암탉이 알을 품듯
쿠션을 품는다

시를 퇴고하려 생각 속으로 빠져들면
냉이 쑥 밀어 올리는 땅기운 때문인지
활자 위로 자장가 음표들이
나비처럼 졸음의 나라로 데려간다

한 층 한 층 꿈결에 이룬 층계 집

눈떠 보니
병아리 떼 놀다간 텅 빈 마루
햇살 눈부시고

거울 속 소파 위엔
펜을 쥔 늙은 닭 한 마리

이제 그럴 나이 되었는가

장례식장에 갈 때
밥 못 먹고 온 날들이 허다하다

이순(耳順)을 지나다 보니
친구는 하늘의 부름을 받았는데
밥을 맛나게 먹는다

이제 그럴 나이 되었는지
언덕 위에 선 나무같이
잎사귀 푸르다 붉은 물이 들어서 그런가

이승의 끈을 끊고
하늘에 뜬 달

섭섭지 않게 밥 잘 먹고
밤길 조심히 가라는
마지막 인사인가

돌아갈 때 가까워진 나이일까

잉걸불
-돌아오지 않은 오빠

누가 내 몸에 불을 붙이는지
낮술에 취한 사람처럼
등에도 얼굴에도 불이 붙는다
봄기운이 싹을 틔울 때 초록 잎 붉게 물들 때
혈관 속에서 이는 뜨거운 불기운

밀어내는 힘겨운 싸움을 한다
여기저기 점점이 데이는 몸뚱어리

눈물로는 다 끌 수 없는 잉걸불 일면
얼음장 밑 물고기로 살아갈까나

절간의 범종 소리 이승의 강을 다 건너면
꺼지려나, 꺼지지 않는 잉걸불

고목

억새꽃같이 날리는 머리카락
혈관 드러난 검은 손등

멀리 있는 줄 알았는데
손 닿을 거리에 있다

옷깃을 여미지 못하는 나무들
손에 쥐고도 모른 채
입 벌린 가방을 내려보며
서로의 거울이듯 눈을 껌벅이는 나무들

여기저기 난파선처럼 떠 있는 고목들의
그림 속으로 내가 지나간다

사랑의 감옥
-시린 발

이불을 끌어 덮어도 발이 시리다

뱃속의 아이 처음 만나던 날

하늘이 노랗게 파랗게 두 동강 나던 그해 십이월

사랑의 감옥에서 풀려나

돌처럼 깜깜히 누웠다가 깨어보니

발이 얼음장이었다

비 온 뒤 흙담처럼

몸이 녹아내리고 그 틈서리로

몰래 스며든 찬바람

낙엽이 썰물처럼 진 십이월

그때처럼 발이 차고 시리다

오늘따라 얼음물에 담근 것처럼

발바닥이 쩍쩍 얼어붙는다

어릴 적 열꽃으로 목조차 가누지 못해

안고 뛰었던 그 아이

이제 달처럼 환한 아들

사랑의 감옥 생각하면

그래도 마음은 구들장처럼 따뜻해져 온다

측은함을 배우다

늙음은 그저 오는 것이 아니다
실핏줄 터진 녹내장 황반변성이
눈에다 구름의 성을 쌓는지
방에 불을 켜 놓아도 안개 속이라는 그
밥을 먹다가 굵은 생선 뼈를 살코기와 함께 집어 가는
사람
창이 밝아야 마음의 수를 놓을 텐데
햇살 아래 하늘거리는 꽃을 보는 것도
바람 따라 단풍이 자리를 비워주는 것도 볼 수 없는 흐
린 창
마주한 사람 마음조차 읽을 수 없어
당신의 눈이 된다는 마음 깊숙이 넣어둔다
노을을 볼 수 없는 시간이
빠른 걸음으로 어둠을 향해 달려와
벽에 걸린 거미줄을 볼 수도 없고
길에서 인사해도 소리로 알아듣는 사람
낮이 밤이 된 사람
내가 그의 눈이 된다는 건
그로부터 측은함을 배운다는 것일지

연꽃 바람이 데려다준 사람

화장도 의상도 잊고
자유롭게 나비처럼 날고 싶은 날
친구가 밥 산다기에
사십 년 지기들과 주남저수지로 발길을 놓는다
새가 없는 조용한 늪
풀잎 하나 흔들리지 않는 한낮
철새 오기를 기다리다 우연히 들어간 식당에서 만난 질부
웬 바람이 밥집으로 불었는지
가까이 와서 손을 꼭 잡는다
친구들과 옆 식탁에 앉아
눈빛 건네며 드는 밥숟갈
질부가 먼저 가고 난 뒤
밥값도 지웠다며 친구가 어쩔 줄 모른다
성(姓) 하나 가지고 한집안으로 들어와
한솥밥을 먹던 날들
입으로 흘린 토씨, 몸짓 하나에도 입방아 찧던 때
말씨와 솜씨 매무새가 아늑한 방 같은 사람
사대(四代) 집안의 잘 날 없는 바람을 잠재우던 사람
오늘, 연꽃 바람이 데려다준 사람

가을 빗소리

자리에서 눈을 뜨니
퉁 퉁
베란다 난간을 깨우는 고요한 울림
산속 바위 위에 홀로 누가 앉아
퉁소를 부는가
마음을 끌어당기며
아랫마을 물안개 속으로 퍼져가는 소리
가을 빗소리에 해진 눈물 흘린 적 있기도 한
콩 한 조각도 나누던 사람들 목소리가
방충망에 걸린 빗방울들의 악보에 실려 있다
장독 위에 떨어지는 빗소리
처마 밑 물동이에 떨어지는 빗소리
가까이 들려온다
그들의 안부
그저 멀어져 간다

큰꿩의비름

친구가 건네준 작은 줄기 하나
화분에 쿡 찔러 독 위에 올려놓았다
베란다에 눈길이 가지 않은 사이
지칠 줄 모르고 발을 뻗은
이름도 모르던 바리데기
바람을 친구 삼아 온몸 푸르도록 살아갈 것을
외로움을 꿈 하나로
숨어드는 바람에 귀 기울이며
목마르다고 보채지도 않는다
독 아래로 내린 줄기를 간신히 올려
여리디여린 꽃을 낳은 바리데기
베란다가 궁전처럼 환하다
말 한마디 눈길 한 번 건네지 않아도
스스로 이루어온 네 꿈 앞에서
이마를 수그린다

이웃집 불빛

옆집이 이사 간 후 늘 빈집이다

어둠이 내린 퇴근길
가끔 소리 없이 바람처럼 지나가는 사람들

베란다 창문을 굳게 걸어두었다
언제 좋은 사람이 들어오려나

오래 어두웠던 불 꺼진 방
참 오랜만에
못 박는 소리 벽을 타고 넘어온다

장욱진의 그림을 닮은 부부
백 점의 그림이다

불빛 하나로
꺼졌다 살아나는 빈집의 온기

환한 불빛으로
내 마음에 둥근 불이 켜졌다

빅토리아수련

부북* 연꽃단지에서 우연히 마주한 빅토리아수련

해가 뜨면 하얀 꽃으로
달이 뜨면 붉은 꽃으로
시간의 그림자를 따라 몸빛을 바꾼다

달빛 그림자를 밟는 시간
여왕의 즉위를 보는 듯
한 장 한 장 물들여가는 꽃잎들

부슬비를 헤쳐 온 바람이
어둠에 얼굴 씻은 별들이
숨을 죽인다

전생의 왕이었던 나도 숨죽이며
내 안으로 옮겨오는 시의 꽃 한 송이를 본다

하루를 살다

* 밀양시 부북면.

고요히 넋을 내리는 여왕의 꽃

내 안에 다시 피어 오래 살아 있다

찔레꽃

꽃길을 열어둡니다

멀리서도
그대가 오는 발걸음 소리 듣습니다

풀꽃 한 송이로 산기슭에 들어
찔레꽃 피면, 찔레꽃을 좋아하던 그대에게
말을 건넵니다

한 걸음 더 가까이
살랑거리는 꽃향기에게 가 있을 그대

찔레꽃 좋아하던 그대
가파른 동란의 고갯길 넘어가던 그대가
말을 건네옵니다
초록 속으로 마음을 기울여도
잡을 수 없는 말

뻐꾹새 울음에 마음 부빌 때
가슴속에

찔레꽃 한 송이 피웁니다

하행선

무궁화호 열차에 몸을 싣고
어디까지 왔는지 돌아본다
더 오를 곳도 시간도 없는
손에 만져지는 건 다만 노을뿐
다가올 시간은 발에 닿을 듯 투명하다
가파르게 달려온 기차는 길의 허리를 감고 돈다
한 번씩 숨을 고르며 열차는 달리고
차창 밖 휘어지며 강물은 따라 흐른다
생의 훈김으로 붐비는 객실
저마다 사람들은 남은 생의 잔들을 비워내며 붉어진다
더는 재촉할 이유도 없는
어두워지는 시간을 본다
마른 이파리 같은 손등을 본다

새들의 버스킹에 빠지다

버스를 기다리다
귓전에 들려오는 평화의 노래

몸이 악기인 새들
육교 건너 동백나무 숲에서
그들의 버스킹이 한창이다

반짝이는 노을빛으로
도로를 채우며 건너오는 화음의 물결
도시의 리듬에 맞는 선곡으로
빌딩에 갇힌 일상을 위로하는 저들의 연주

어둑한 도시의 퇴근길 위로
저들의 연주가 내려앉는다
일몰 속으로 사람들이
버스를 놓친다

엄마의 길
-붙들이

누가 그 길을 묻는다면
구름 같고 바람 같고 바다 같더라

고추 둘 가슴에 묻고
붙들이라 이름 지어놓으니
전쟁이 앗아가더라

온 동네 이 집 기둥이라 했거늘
새봄이 와도 가슴엔 재만 쌓이더라

날마다 죄 없는 다리를 두드리며
하늘에다 붙들이라 부르시니
하늘도 퍼렇게 멍이 들더라

불빛 한 점 없이 물결 찬 날들
산새 울음 따라 아미타불께로 가시더라

큰옷 입고 가시던 길
발자국마다 동백꽃으로 피었더라

나무는 바람의 친구

천 년을 살아온 나무에게
바람은 날마다 발걸음을 한다
더러 갈피를 못 잡는 날은
휘파람 소리로 잠든 나무를 깨우고
성난 파도처럼 가지를 꺾는다
어떨 땐 뼛속까지 베어낼 듯 칼날의 소리로 통곡도 하
지만
나무의 심지까지 흔들진 못한다

스스로 다스리지 못하는 바람에게
기꺼이 품을 내어주는 나무

바람의 난동을 견뎌 낸 나무가
연두의 숨결로
바람이 할퀸 상처 씻어 내리고 있다

내 것도 아닌 것에

세종으로 초대한 친구
옷 따뜻이 입고 오라는 말에
옷가지며 소품 챙겨 차에 싣는다
도중에 들른 운동하는 곳에 두었는지
트렁크를 비워도 여행 가방이 눈에 들어오지 않는다
친구들과 하루를 보낼 것에 바람 든 가슴
달래줄 말씀이 스쳐 간다

내 것도 아닌 것
잠시 빌려 쓰다 놓고 가는 것

친구의 집에 들어서자
바다에서 갓 건져 올린 왕새우며
보기만 해도 배가 남산만 할 것 같은 소갈비 바비큐
살이 에이는 날씨에 웬 바비큐냐는
한 친구의 맛깔 나는 입담에
등은 시려도 담요 한 장 덮은 마음
마음속으로 가방 생각 잠시
다시 파고들다 사라진다

밥 짓는 할아버지

손님처럼 왔다가는
몸이 열 개라도 모자라는 바쁜 자식들을 위해
밥솥의 스위치를 누른다

고슬고슬한 밥 찾을 때까지는 부엌을 모르던 할아버지

어린이집 친구들에게
우리 집은 할아버지가 밥한다고 자랑했던 손녀 말에
한바탕 크게 웃으신다

이제 누구도 대신하지 못하는
밥 당번 할아버지

할아버지의 밥은 맛이 좋다

겁돌이

계단에 발만 얹어도
누구의 걸음인지 알아내는 겁돌이
옥상 방수로 미끄러져 집 밖을 모른다

눈인사하면 꼬리 몇 번 흔들 뿐
어느 땐 세상 무거운 짐 혼자 짊어진 듯
초점 없는 눈빛으로 고개 누이고
배앓이를 한다

하루를 낮달만 바라보는 겁돌이
만약 너도 시인이라면
지금 무슨 시를 생각하나

우물 같은 네 눈빛에 자꾸 핏줄 당긴다

어깨의 힘
-아너 소사이어티 김 씨

걸어 다닐 때나 서 있을 때나
어깨를 수그린 채
입주민을 사장으로 모셔야 하는 일
넘치는 일거리들로 하루를 시작한다
손이 많이 가는 분리수거함 앞에
봉지째 내던지고 가는 이들에게
싫은 소리 한마디 못 하고 손에 쥐는 월급
그의 앞가림조차 턱없지만
해마다 주머니를 열어
그보다 아랫목 차가운 곳에
한 가닥 온기(溫氣)의 빛이 되는 그
묵묵히 천근의 무게를 버텨온 그의 어깨를
다시 본다
위대한 어깨의 힘을 생각한다

날아간다

투명한 풍선 안에 가족 같은 풍선 넷

옥상에 오른 아이 무심코
허공으로 풍선 끈을 놓는다

한 마리 큰 새가 되어
풍선은 훨훨 하늘을 날아간다

스승의 날 엄마 아빠가 받은 선물인데
아이는 금세 그렁그렁하다

아이의 두 눈은
멀어지는 풍선을 한없이 따라간다

괜찮아, 풍선은 날아가는 거야
날아간다는 것이 어디 풍선뿐이겠니

산불이 나면
푸른 솔잎도 불티로 날아가고
한줄기 햇빛의 통로를 따라

방 안의 먼지도 날아가지

시외버스

창녕발 부산행 시외버스는 더디 왔다

초동 신호리에서 함께 버스를 기다리다
옆자리에 앉은 사람
조곤하게 건너오는 봄햇살 같은 목소리

잠깐 풀잎처럼 흔들린 마음
능선을 넘어간 바람일 뿐인데

아끼던 보석을 두고 내린 듯
흙먼지만 남기고 떠난 버스

노을녘,
고향집 가는 버스를 기다린다

능선 위로 금화 같은 얼굴 하나 떠오른다

제3부

노숙자들
―서울의 풍경

서울역 택시 승강장 옆
낡은 캐리어 세 개 철 기둥에 묶여 있다

헌 집 한 채만 있어도 비를 건너갈 이들에게
우산처럼 지붕이 될 캐리어
지퍼 밖으로 빠져나온 소맷자락 해지다

차가운 밤거리의 눈길들을 피해
공중화장실 얼음장 바닥
울음을 베고 잠드는 날들
꿈속에서조차 문을 닫은 피붙이들

그래도 신문지처럼
몇 장 생각이 한기를 막는다

살아 있다는,

숨

길이 강이 되던 한밤
반도의 한 허리가 물에 잠긴다

새벽 걸음이 별이 떠서야 돌아와
머리를 누이던 낮은 반지하방

반쯤 열린 창틈으로
빛과 공기를 먹던 사람들
두 눈 불 켜고 까치발 해도
수면 위로 떠오른 새파란 입술

눈 한 번 깜박일 사이
숨 한 번 돌릴 사이 없이
물의 사자는
펜트하우스의 불빛을 올려다보던
그들의 영혼을 데려갔다

그들이 남긴 어둑하고 습기 찬 날들은 모두
어디로 갈까

피멍 든 손가락들
가라앉은
첨벙거리는 물소리들
숨, 숨들
반지하방을 오래 떠나지 못 한다

오로라 스카프

밀양강 거리예술전에서 만난 그
선배님하고 거수경례를 붙인다

어설프게 따라 한 거수경례
손을 내리자 선뜻 스카프를 건넨다

목에 두르니 오로라 찬란하다

보라로 초록으로 숨바꼭질하듯
내 마음
하늘 커튼으로 그네를 탄다

어디서 불어오는 오로라인지
내 나이 스무 살쯤 되돌린

오로라 스카프

빈 의자

의자에 바람이 붑니다
낙엽 쓸리듯 떠난 님이 있습니다
쉼터로 남겨 놓고 울리는 님이 있습니다

씨앗이 담긴 햇살 내리는 곳
몸과 옷이 된 의자도 있습니다

빈 의자 차갑고 고요해서
조그만 기척에도 돌아봅니다

체온이 식은 자리
울음소리 깊습니다

여러 개의 눈이
여러 개의 귀가
발걸음 소리 듣고 있습니다

해를 지우는 나무

꿈에 본 말 없는 친구
무슨 일 예감인 듯 호스피스 병상에 몸을 기댄 채
또 하루의 해를 지우고 있다
순간 자신을 놓아버릴지 모를 그
책을 읽다가도 설거지하다가도 눈앞에 어른거려
커다란 돌덩이 몇 날 며칠 가슴을 짓누른다
봄 햇살 흙담 아래 소꿉놀이
먼 눈길로 끌어오던 그 얼굴
마른 이파리 같은 손이라도 잡아보고 싶은데
COVID-19로 철벽같이 두꺼워진 벽
만남의 문 열리지 않아
폰의 톡 화면을 터치한다
숨 고르는 시간을 지나 힘에 부친 숨소리
한 우물물을 먹고 자란
그 나무가 많이 곯았다
돌아갈 채비를 하는 어둑한 해거름
그 길은 쉬엄쉬엄 가도 된다고
또 한 나무가 울음을 삼키고 있다

석 달을 남의 글집에 머물렀다

나의 길은 낮달 같아서

내 눈은 밤이어서

생각은 늘 구름 속에 노는지

남의 집을 이리저리 기웃거린다

어떤 말을 주울까

어떤 글이라도 주울까

어제는 초록이 달려오는 소리를 듣고

오늘은 바람이 지나는 나뭇잎 소리

속삭임인지 앓는 소리인지 귀를 모은다

나무 한 그루 풀 한 포기도 제 길 알 터인데

석 달 남의 글집에 와서

톡 쏘는 글맛 한번 만나고 싶은 날

기운찬 땅의 숨소리 듣는다

후투티 한 마리

마음을 깨우는 소리를 듣는다

불씨

땅거미 질 때 셔터 내리고
시의 칼 갈러 가던 그녀
그녀 등 뒤에서 엿본 시의 불씨
혼잣말로 고개 끄덕이며
불씨 한 톨 내 안으로 옮겼네
문밖 나무들 낡은 옷 벗던 저녁
햇살처럼 날아든 출판기념회 초대장
오래 잠재운 습작 노트 일깨웠네
묵은 먼지 털어내고 손자국 희미한 생각들 다듬어
시의 텃밭 다시 가꾸네
봄날의 시 꽃피우려네

영화관에서 본 노인

영화관에서 본
빗자루를 든 노인

짐을 진 듯 구부정한 허리
눈 밑 깊은 그늘
물 한 됫박 들 수 없을 것 같은 몸으로
빈 캔이며 자잘한 쓰레기들을 치운다

아내의 병치레로 두부 공장 넘기고
여러 해 전 외동자식마저 가슴에 묻은
상남면 외갓집 동네 어른

흑백사진 속
체크 남방에 환하게 웃던
빛나던 풍채

아직 남은 고갯길이 얼마일지
영화관을 빠져나오다
영화보다 더한 아픔이 돌처럼 날아와 박힌다

시의 집

아침마다 문 앞에 놓이는
온 누리의 깨알들
한 면에 끼워져 오는 시

오늘은 봄빛으로 올까
가을비로 올까
연애편지처럼 오는 설렘의 씨앗들

찬바람도 눈서리도 설렘에 녹는다

날마다 귀한 손님으로 오시는 시
설렘을 모아
한 채 시의 집을 짓는다

잠이 오지 않는 밤
시의 대청마루에서
귀한 손님의 말씀을 듣는다

무봉사 소나무

어머니 가신 지 오래
비 그친 하늘 거울처럼 맑다
산다는 것이 솔잎처럼 떫어서
잎바늘에 찔리는 날들
삶의 길이 어디로 휠지 몰라
어머니의 걸음 더듬어
무봉사에 발을 들인다
꿈에 본 소나무 한 그루
커다랗게 서 있다
곧 사라질 것만 같아
급히 내 안에 옮겨 심는다
젊은 날 볕이 되고
그늘이 되어 주신 어머니
내 안에 환하다

신들의 시간

몇 시간째
줄거리 없는 영화 속을 헤맨다

해의 걸음 쫓다
어둠 속에서
초록 잎을 본 것처럼 밤을 지새우는 올빼미

하나에서 열까지
열에서 천까지 세어도
다 세지 못하는 눈앞의 별밭, 끝없이 흐르는

필름과 자막 사이
기척 없는 걸음으로 들여다보는 검은 그림자

춘복산에 올라

춘복산은 품이 너르다

지구가 우주를 품은 것처럼 신비롭기만 한

내가 선 자리

위로는 쪽빛 하늘

발 아래 온 누리를 덮은 안개

밤새 태어나 서로를 보듬은 물방울들에

맘속 상처를 씻고

물감 없는 붓으로

마음의 도화지에 백두산 천지인 양 그림을 옮긴다

오늘을 내가 사는 것이 아니라

천년을 건너 신선이 사는 건지

햇살이 안개의 커튼을 걷을 때

바람도 없는 고요의 솔숲에 음악처럼 울리는 새소리

포근히 꿈이불 덮고 자다 깬 사람들

일상의 식탁이 분주하다

엄마표 국수

국수 좋아하는 아들 내외
배워 보라니 엄마표 국수 먹겠단다

펄펄 끓는 물에 멸치 새우 다시마
진한 국물을 우려낸다
손발이 절로 잘 돌아간다

진한 육수에 열무김치 더하면
엄마표 국수 한 그릇
거뜬히 비우는 둥근 식탁

가만히
국물 속으로 녹아드는 마음 불러 다듬는다

국수처럼 매끈한 가락 위에 웃고명 얹은 진한 글
엄마 손맛에 입이 익은
그들 손에 놓아주고 싶다

서쪽으로 귀를 가져간다

먹물 푼 어둠의 골짜기

산 중턱을 질러오는 울음소리에
귀를 가져간다

빗발 속에
손을 넣어 봐도 잡히지 않은
떨림의 정체

애가 다 녹도록
누가
누구를 찾는가

겹겹 마음이
눈을 뜬다

고희

시계 소리에 맞춰 걸었을 뿐인데
종착역이 가까운 고희 역
붐비는 사람들 속에서 마음을 내려놓는다

오늘만큼 중한 내일

새로 눈을 뜨고 새로 심장이 뛰고
새로 발이 땅에 닿을 때
아침 햇살 한 아름 깊이 가슴에 품는다

공기 한 모금 물 한 모금에도
절로 고개를 숙인다

마주 앉은 사람과 김이 나는 음식을 들고
꽃을 대하듯 말해야지

온 대지 위에 내리는 첫눈처럼
아가의 맑은 미소처럼

별들의 소곤거림과 창밖의 귀뚜라미 소리

모두 사랑해야지

느린 우체통

무섬마을, 걸음을 붙잡는 고가대문 옆
노을 지는 외나무다리를 바라보는 빨간 우체통
해를 묵혀 보낸다는 말에 마음이 촉촉하다

칠순 여행 가자 해놓고
둘이 설 자리 반쪽을 만든 사람

반쪽의 빈자리도 정이라고
성난 뿔소처럼 층층이 고개 드는 서운함 지우고
반달이 보름달로 채워가듯 마음 채우며
그에게 손 편지를 쓴다

햇살 가루 모래바람 건너
흔들리며 살아온 들국화의 손 글씨 두어 장
이제 외로워도 외롭지 않기로 한다

석류알 터지듯 새콤달콤한 생각 가만히 떠올리며
오래 식은 체온을 다시 데운다

장미 여인

그대 살아 있어도 꽃길이요
돌아가는 길도 꽃길이네

내 마음 훔친 그대
만개할 때 언제였나

지구 한 모퉁이 송이째 살아남아
내 맘속 붉게 물들였네

향기에 내 몸 젖어 들게 해놓고
꽃 진 자리 서리 내린 듯 식어가네

그대에게 눈먼 사이
이 몸 그대 따라
푸르름 지는 줄 모르네

가지마다 목련꽃등 환하고

하늘채 올린
솔숲 성지에

백로들 발표회가 한창

바람의 연출에 맞춰
토슈즈도 가벼이
날아오를 듯 내려앉는
순백의 발레리나들

가지마다
목련꽃등 환하여라

나비의 꿈

고향집 뜨락
그녀 어깨 위에 나비 한 마리 내려앉는다

영감이라도 받은 걸까,
잠자던 바람 한 줄기 문득
가슴 속을 헤집고 깨어난다

바람이 이끄는 대로
벽을 타고 오르는 담쟁이처럼
힘을 다해 마음을 내딛는다

가파른 벽이어도
때를 놓친 허기는 늦은 만큼 더해

늦게 이는 바람
온몸으로 쓰일 나비의 꿈을 좇는다

양푼이 비빔밥

한층 더 세진 코로나가 우리 집까지 찾아왔다
밥상 위에 혼밥이 놓인다
마른 밥알 흩어지듯 마음도 낱낱이 흩어지는 것인지
아버님 기일은 코앞인데 고향 길은 해가 갈수록 멀다

성이 다른 일곱 동서 마당 가운데 둘러앉아
웃음도 비벼 넣고 마음도 풀어 넣어 먹던 비빔밥
지붕 위의 보름달 달빛 고명도 얹었다

담장 넘는 웃음소리에
한 부엌에서 소도 잡겠다시던 동네 어른들 말씀처럼
감추지 못하는 끼로 누가 나물이고 밥인지
한 양푼이 맛난 비빔밥이 되던
한발 물러날 줄 아는 형님
먼저 다가설 줄 아는 아우

잎 진 나뭇가지에 허한 마음 걸리는 날
형님 하며 안기는 막내의 안부 전화
그 품 바다처럼 깊고 넓다
양푼이 비빔밥 참기름 맛 살아 있어

코로나 이전을 생각한다

분홍빛 영정사진

아파트 상가에서 마트를 하며
사이다 술 상자 옮기느라
허리에 쇠붙이를 일곱 개나 넣었던 것이
혈액암 치매까지 이를 줄이야
한 해 전 아들을 가슴에 묻고
깜깜한 시간을
먹을 갈며 온몸으로 견뎌낸 사람
전깃줄에 앉은 새처럼 서둘러 날아갈 걸
김 나는 밥상을 그토록 차렸나
마지막 가는 길
제일 예쁜 분홍빛 블라우스를 입고 화사하게 피어난
아내의 영정사진을 빈소에 올리며
남편은 눈물을 훔친다

실내화와 나란히 놓인 책가방

새 책가방을 사고 나서
밤낮으로 책가방을 매었다 풀었다 좋아하던
여덟 살 손녀 병상에 잠들어 있다
좀처럼 열이 떨어지지 않아
심장에 무리가 간다는 가와사키병
병아리가슴을 웅크린 채
사흘 만에 겨우 코를 골며 자고 있다
친구들 먼저 와 있을 교실에서
흰 실내화를 갈아 신고
책가방을 내려놓는 꿈이라도 꾸리라
귀한 선물처럼 온 아이
이 주째 밤을 새워 주인을 기다리는
현관 앞에 나란히 놓인 실내화와 책가방
더불어
할미 가슴도 밤새 숯덩이가 된다

세븐티 여행

하루 끼니를 꼬박꼬박 챙겼을 뿐인데
나무처럼 계절의 옷을 갈아입었을 뿐인데
첫날 새벽까치처럼 찾아온 일흔

가슴에 손수건 달고 도시락 까먹던
파릇한 새싹들 앨범 위로
얼비치는 마른 나뭇잎들 본다

이제 언 마음을 녹일 줄 아는 마른 잎
지금도 가져갈 것처럼 하는 마른 잎
생은 지금부터야 하는 마른 잎
가시덤불 넘지 못해 해를 지운 마른 잎

멀게만 느끼던 것들
저마다의 어깨 위에 내리리라

전교생 열 명이 안 되는 병아리 운동장에
사십 명이나 모이는 우리
올해는 일박 이 일 세븐티 여행 간다

푸른 마음밭

문을 열고
호박잎에 떨어지는 시원한 빗소리를 듣는다

빗줄기 속에서
우쭐우쭐 신난 호박잎들

돌담 너머 호박꽃 환하던 시골
엄마 해주시던 호박잎 쌈 생각할 때
친구가 호박잎이랑 오이랑 파를 다듬어 왔다

자식 같은 푸성귀를 돌보느라
손등에 핀 검버섯도 아랑곳없는 친구

엄마 같은 살뜰함에
오래 묵힌 마음밭
울렁출렁 푸르게 되살아난다

호미반도 해파랑길

마음 어디에서 이는 바람

등을 민다

자그락자그락

몽돌 밟는 소리에

한 장씩

마음의 담장을 허문다

해 설

사랑으로 빚은 시詩

차성환(시인)

　박순희 시인은 황혼 무렵에 다다른 자신의 삶을 반추하
면서 어떻게 존재할 것인지를 사유한다. 그의 첫 시집 『이
웃집 불빛』에는 죽음에 이를 수밖에 없는 인간이 자신의 유
한성을 깨닫고 삶의 궁극적인 진실이 무엇인지를 쫓는 과정
이 담겨 있다. 아마도 시인은 이순耳順을 지나 고희古稀에 이
르는 시간 동안, 시집에 수록된 작품들을 대부분 써냈을 것
이다. 공교롭게도 그의 시적 여정은 이 나이의 이칭異稱이
지칭하는 의미와 자연스럽게 일치한다. 즉 귀가 순해져 세
상의 모든 말을 귀 기울인다는 이순에서 출발해 마음의 뜻
대로 행해도 어긋나지 않는다는 고희에 도달하는 과정이라
고 볼 수 있다. 시인은 세상의 소리와 이야기를 탐문하는
과정을 거쳐서 어떤 깨달음에 이른다. 그에게 세상의 소리

를 듣는 것은 곧 시詩라는 아름다운 결정結晶을 맺기 위한 수행에 다름 아니다.

　세상의 소리를 듣는다는 것은 단순히 청각적인 정보를 수집한다는 의미가 아니라 '나'의 주변과 세계를 자세히 관찰하고 깊이 있게 읽는다는 뜻이다. 주체 또한 세상의 일부이기에 '나' 자신의 마음과 생각을 정확하게 바라볼 수 있는 능력도 요구한다. 박순희 시인이 이순의 나이에 실존적으로 자각하는 것은 바로 '죽음'으로 드러난다. 시「이제 그럴 나이 되었는가」에는 "이순(耳順)을 지나다 보니" "친구"가 "하늘의 부름"을 받는 것을 보고 이제는 "돌아갈 때 가까워진 나이"라는 것을 스스로 인식하는 대목이 나온다. 시인에게 죽음은 중요한 화두가 된다.

　　몸뚱어리는 화장로에 들고
　　화장로 밖 영(靈)은 지켜보는데
　　그 시간에 밥을 먹으란다

　　이승 떠나는 길 배웅 나왔다가
　　상주들 밥 못 먹을까
　　혹여 훼방꾼이 될까
　　마지못해 수저를 든다

　　몸뚱어리 태워지고 뼈 갈리는 동안도
　　눈물 구멍은 마른 연못처럼 버석한데

두어 술 뜨다 말고 밥 먹자는 소리 목에 걸려
끝내 봇물 터지듯 울음을 쏟는다

한 줌 재로 남은
한 생의 허물

화장장 마당 위로 나비 한 마리 가벼이 날아오른다

그렁그렁한 눈길로
허공 속으로 가지런히 풀리는 생의 매듭을 좇는다
                                    —「화장」 전문

    시적 주체는 장례의 마지막 절차인, 죽은 이의 "화장"을 지켜보는 와중에 누군가 "밥"을 먹으라고 하는 요청이 불편하기만 하다. 화장터에서 화장火葬하는 시간이 다소 길기 때문에 그 시간을 이용해서 문상객들이 식사를 하는 것이 일종의 굳어진 관습인 모양이다. '나'는 "화장로 밖"에서 죽은 이의 "영(靈)"이 자신의 죽은 "몸뚱어리"가 불타고 있는 것을 지켜보고 있을 것이라는 생각에, 마음 편하게 "밥"을 먹지 못한다. 죽은 이의 "몸뚱어리 태워지고 뼈 갈리는 동안" 산 사람들은 그래도 먹고 살아야 한다. 모두가 슬픔에 못 이겨 쉽사리 숟가락을 들지 못하는 상황에 누군가 "밥 먹자는 소리"를 하자 "끝내 봇물 터지듯 울음을 쏟는다". 이러한 상황은 화장터에서 삶과 죽음이 교차하는 아픔의 순간을 잘 담아내고 있다. 우리가 부여잡고 살았던 이 육신은 결국 "한 줌 재"로 남을 수밖에 없고 죽으면서 남긴 한낱 "허물"에 불과하다는 것을 깨닫는다. 이는 자칫 모든 것이 무無로 돌아갈 수 있다는 허무주의에 귀착할 수 있다. 그러나 시인은 "화장장 마당 위로" 날아오르는 "나비 한 마리"를 바라본다. "나비 한 마리"는 마치 죽은 이의 "영靈"이 깃들어 있는 존재로 제시된다. "나비"의 날갯짓에는 "생의 매듭"에 대한 비밀이 담겨 있다. 시인은 "화장터"에서 죽은 "몸뚱어리"를 태우고 이승을 떠나가는 죽은 이의 "영靈"을, 애벌레라는 "허물"을 벗고 "허공 속으로" 날아오르는 "나비"의 존재로 절묘하게 포착해 낸다. 우리의 죽음 이후에 또 다른 차원의 생이 가능할 수 있다는 시적 진실을 분명히 적시하고 있는 것이다.

박순희 시인은 인간 존재가 피할 수 없는 죽음에 대해 의문을 가지고 들여다본다. 시「하행선」에서 우리의 세상살이 풍경을 "무궁화호 열차" 속 "생의 훈김으로 붐비는 객실"로 비유하고 있다. 그 속에서 "어두워지는 시간"에 "저마다 사람들은 남은 생의 잔들을 비워내며 붉어진다"는 표현을 통해, 우리는 모두 "열차"라는 생에 탑승할 때부터 죽음이 예비되어 있다는 인식을 보여 준다. 또 다른 시「꿈을 받아 적는다」에서는 자신에게 예비된 무덤에 직접 들어가는 기이한 꿈을 꾸고서 이번 생生은 "가지런히 놓인 신발처럼 시한 수 놓고 오라"는 "꿈"(「꿈을 받아 적는다」)이 아닐까하는 생각에 이른다. 이처럼 시인은 죽음이 가까워 오는 이 시간

을 어떻게 받아들여야 하는지를 끊임없이 사유한다. 그것
은 어떤 죽음이어야 하는지, 동시에 어떤 삶이어야 하는지
에 대한 고민이기도 하다. 시인이 찾은 삶과 죽음의 모습
은 어떤 것일까.

어머니 가신 지 오래
비 그친 하늘 거울처럼 맑다
산다는 것이 솔잎처럼 뾰족해서
잎바늘에 찔리는 날들
삶의 길이 어디로 휠지 몰라
어머니의 걸음 더듬어
무봉사에 발을 들인다
꿈에 본 소나무 한 그루
커다랗게 서 있다
곧 사라질 것만 같아
급히 내 안에 옮겨 심는다
젊은 날 볕이 되고
그늘이 되어 주신 어머니
내 안에 환하다

−「무봉사 소나무」 전문

시인은 "어머니"가 생전에 자주 다녔던 "무봉사"를 찾은
모양이다. "산다는 것이 솔잎처럼 뾰족어서/ 잎바늘에 찔리는
날들"의 연속이기에 쉽지 않은 세상살이를 버틸 수 있는 계

기가 필요했을 것이다. 복잡한 마음을 추스르기 위해 "어머니의 걸음"을 따라 "무봉사"에 올랐을 때 눈에 들어온 것은 "소나무 한 그루"이다. 시인은 직관적으로 "소나무"가 바로 "어머니"라는 사실을 깨닫는다. "소나무"는 '나'에게 "젊은 날 볕이 되고/ 그늘이 되어 주신 어머니"와 같은 존재이다. 마치 "어머니"가 "소나무"로 환생한 것처럼 그 둘은 닮아 있다. "어머니"의 현현顯現인 "소나무"가 "곧 사라질 것만 같아/ 급히 내 안에 옮겨 심는다"는 전언은 곧 "어머니"의 나누는 삶을 그대로 따르려는 시인의 다짐이다. "어머니"는 죽음으로 완전히 소멸한 것이 아니라 "소나무"와 같은 사랑의 형식으로 남아 있다. "어머니"가 당신의 생애에 보여준 사랑이 내 안에 차고 넘치는 것이다.

결혼한 이듬해 메주를 쑤어 오신 어머님
장은 친정에서 가져다 먹으면 못 산다는 말씀에
해마다 정월 말날[午日]이면 장을 담근다
매운 세월도 짠 눈물도 달처럼 비웠다 채웠다
뚜껑을 열 때면 내 살아온 날들을 여는
손때 묻은 항아리
지난겨울
장 담그려 우려 놓은 독이
사십 년을 함께 견뎌온 독이
번개 울음 한 번으로 금이 갔다
몸을 갈라놓듯

내 마음 뿌리까지 잔금이 졌다
으늑한 곳에 두었어도
하늘도 들여다보고 바람도 머물다 가는 장독
봄 여름 가을도
금이 간 독 안에서 익어간다
그저 옆에만 있어도 든든한 장독
생전 어머님의 온기가
정월 햇살에 비춰온다

－「장독」 전문

　시인은 "장은 친정에서 가져다 먹으면 못 산다"는 속설 때문에 행여 자식에게 안 좋은 기운이 갈까 봐 직접 "메주를 쑤어 오신 어머님"에 대한 이야기를 들려준다. "장"을 다른 곳에서 받아 먹어도 될 터인데 "어머님"의 마음은 그렇지 않은가 보다. 시인이 결혼한 이듬해부터 연례행사처럼 "어머님"은 "메주"를 쑤어 오고 "정월 말날"에 "장"을 담근다. "사십 년" 동안 "장"을 담근 "손때 묻은 항아리"가 "지난 겨울" "번개 울음 한 번으로 금이 갔다"는 표현은 아마도 "어머님"의 죽음과 연관된 사건으로 여겨진다. "몸을 갈라놓듯/ 내 마음 뿌리까지 잔금이 졌"을 정도로 슬프고 고통스러운 일이었기 때문이다. "어머님"은 돌아가셨지만 "어머님"의 사랑을 담아놓았던 "장독"은 여전히 그 자리에서 자기 몫을 다하고 있다. 쉽지 않은 삶이었지만 "장독"과 같이 "매운 세월도 짠 눈물도 달처럼 비웠다 채웠다"하며 지금까

지의 인생을 건너왔을 것이다. "장독"은 "어머님"의 분신과
도 같다. "장독"은 얼마나 품이 크고 넓은지 "하늘도 들여다
보고 바람도 머물다" 간다. "장독"에 내리쬐는 "정월 햇살"
에서 "생전 어머님의 온기"를 느끼는 시인의 마음은 그리움
으로 가득하다.

　　세상의 '어머니'는 자신의 것을 아낌없이 자식에게 내어
준다. '소나무'(「무봉사 소나무」)와 '장독'(「장독」)은 모두 누군가
를 품어내는 모성적 존재이다. 시인은 시 「사랑의 감옥」에
서 "뱃속의 아이 처음 만나던 날"의 일을 떠올린다. 산후병
으로 발이 시린 증상을 가지게 되지만 "어릴 적 열꽃으로 목
조차 가누지 못해/ 안고 뛰었던 그 아이"가 "이제 달처럼 환
한 아들"이 되었다는 생각에 "마음은 구들장처럼 따뜻해져
온다"고 고백한다. 누군가를 돌보고 아끼는 일은 힘든 일이
지만 그것은 "사랑의 감옥"(「사랑의 감옥」)이고 기꺼이 기쁘고
'나'를 행복하게 만드는 길이다. 시인이 세상의 '어머니'에게
배운 것은 바로 사랑과 나눔이다.

　　　한층 더 세진 코로나가 우리 집까지 찾아왔다
　　　밥상 위에 혼밥이 놓인다
　　　마른 밥알 흩어지듯 마음도 낱낱이 흩어지는 것인지
　　　아버님 기일은 코앞인데 고향 길은 해가 갈수록 멀다

　　　성이 다른 일곱 동서 마당 가운데 둘러앉아
　　　웃음도 비벼 넣고 마음도 풀어 넣어 먹던 비빔밥

지붕 위의 보름달 달빛 고명도 얹었다

담장 넘는 웃음소리에
한 부엌에서 소도 잡겠다시던 동네 어른들 말씀처럼
감추지 못하는 끼로 누가 나물이고 밥인지
한 양푼이 맛난 비빔밥이 되던
한발 물러날 줄 아는 형님
먼저 다가설 줄 아는 아우

잎 진 나뭇가지에 허한 마음 걸리는 날
형님 하며 안기는 막내의 안부 전화
그 품 바다처럼 깊고 넓다
양푼이 비빔밥 참기름 맛 살아 있어
코로나 이전을 생각한다
                    −「양푼이 비빔밥」 전문

  위의 시는 전 세계에 코로나 펜데믹이 덮쳤을 때의 일화
를 들려준다. "코로나"의 위세가 더해지자 이제는 사람이
모일 수 없는 상황에 이르고 각 가정에서도 "혼밥"은 일상
화된다. 시인은 "아버님 기일"날 "고향"에서 "성이 다른 일
곱 동서"가 모여서 "마당 가운데 둘러앉아/ 웃음도 비벼 넣
고 마음도 풀어 넣어 먹던 비빔밥"을 떠올린다. "양푼이 비
빔밥"은 언뜻 보면 볼품없고 한없이 소박해 보이지만 함께
나누며 먹을 때에야 그 진가를 알 수 있다. "지붕 위의 보름

달 달빛 고명"까지 얹었다고 하니까 얼마나 맛깔스럽고 정
겨울까. 시인은 "코로나 이전"에 모두가 한 식탁에 모여서
서로가 마음을 나누던 시절을 그리워한다. 서로가 서로를
보듬어 안는 공동체의 자리를 간절하게 희구하는 것이다.

옆집이 이사 간 후 늘 빈집이다

어둠이 내린 퇴근길
가끔 소리 없이 바람처럼 지나가는 사람들

베란다 창문을 굳게 걸어두었다
언제 좋은 사람이 들어오려나

오래 어두웠던 불 꺼진 방
참 오랜만에
못 박는 소리 벽을 타고 넘어온다

장욱진의 그림을 닮은 부부
백 점의 그림이다

불빛 하나로
꺼졌다 살아나는 빈집의 온기

환한 불빛으로

내 마음에 둥근 불이 켜졌다
                                                    ―「이웃집 불빛」 전문

　시인은 "옆집이 이사 간 후 늘 빈집"이어서 마음이 오랫동안 허전했던 듯하다. "어둠이 내린 퇴근길"에도 "사람들"은 서로를 외면하고 "소리 없이 바람처럼 지나"간다. 그러다가 "옆집"에 "불"이 켜지고 "장욱진의 그림을 닮은 부부"가 들어온다. "불빛 하나"가 "빈집의 온기"를 채우고 "내 마음에 둥근 불"을 켜준다. 이 시는 지금 시대에 점점 더 소원해가는 이웃과의 소통에 대한 간절함이 엿보인다. 자신만을 생각하고 남을 돌보지 않는 세상에는 사랑이 깃들 수 있는 자리가 없다. 그렇기에 "이웃집 불빛"(「이웃집 불빛」)은 시인이 바라보는 세상의 아름다움이다. 우리가 볼 수 있는 가장 귀하고 소중한 불빛이다.
　박순희 시인은 이웃의 고통에 공감하는 자이다. "노숙자들"이 "차가운 밤거리의 눈길들을 피해/ 공중화장실 얼음장 바닥/ 울음을 베고 잠드는 날들"(「노숙자들」)을 떠올린다. 물난리로 인해 안타까운 죽음을 맞이한 "반지하방" 사람들이 "새벽 걸음이 별이 떠서야 돌아와/ 머리를 누이던 낮은 반지하방"에 "그들이 남긴 어둡하고 습기 찬 날들"(「숨」)을 가늠해본다. 그리고 한 존재가 자신의 숨을 가지고 살아 있는 것 자체가 곧 세상의 아름다움을 증명한다고 말한다. 그러한 이웃과 함께 더불어 살아가는 것이 진정한 삶의 가치이지 않을까. 이웃은 사람뿐만이 아니라 세상에 존재하는 다

른 사물들을 포함한다. '나'와는 다른 무수한 타자들을 향해
열려 있는 눈과 귀가 시詩를 낳게 하고 사랑을 배우게 한다.

아침마다 문 앞에 놓이는
온 누리의 깨알들
한 면에 끼워져 오는 시

오늘은 봄빛으로 올까
가을비로 올까
연애편지처럼 오는 설렘의 씨앗들

찬바람도 눈서리도 설렘에 녹는다

날마다 귀한 손님으로 오시는 시
설렘을 모아
한 채 시의 집을 짓는다

잠이 오지 않는 밤
시의 대청마루에서
귀한 손님의 말씀을 듣는다

—「시의 집」 전문

이제 세상에 모든 것이 "귀한 손님"이고 소중한 이웃이
다. 한낱 미물에 지나지 않는 "온 누리의 깨알들"이 "아침

마다 문 앞에" 배송된다. 우리가 당연하듯이 여기는 "봄빛"과 "가을비", 때로는 "찬바람도 눈서리도" '나'에게는 "설렘의 씨앗들"이 되어 "한 채 시의 집"으로 완성된다. 삼라만상森羅萬象의 작은 사물도 "귀한 손님"으로 여기고 그의 "말씀"을 듣는 자가 바로 시인이다. 가슴에 고이 간직한 그 "말씀"을 싹 틔워 비로소 시詩를 짓는다. "귀한 손님의 말씀"에는 또 무엇이 있을까. "어제는 초록이 달려오는 소리를 듣고/ 오늘은 바람이 지나는 나뭇잎 소리/ 속삭임인지 앓는 소리인지 귀를 모은다". 시인이 "기운찬 땅의 숨소리"와 "마음을 깨우는 소리"(「석 달을 남의 글집에 머물렀다」)를 들으면서 '시의 집'을 짓는 하루하루가 모여 도달하는 곳이 바로 '고희'라는 역이다.

시계 소리에 맞춰 걸었을 뿐인데
종착역이 가까운 고희 역
붐비는 사람들 속에서 마음을 내려놓는다

오늘만큼 중한 내일

새로 눈을 뜨고 새로 심장이 뛰고
새로 발이 땅에 닿을 때
아침 햇살 한 아름 깊이 가슴에 품는다

공기 한 모금 물 한 모금에도

절로 고개를 숙인다

마주 앉은 사람과 김이 나는 음식을 들고
꽃을 대하듯 말해야지

온 대지 위에 내리는 첫눈처럼
아가의 맑은 미소처럼

별들의 소곤거림과 창밖의 귀뚜라미 소리
모두 사랑해야지

-「고희」 전문

　사람이 한번 태어나면 죽음을 피할 수 없다. 삶이라는 기
차에 올라탄 우리는 좋으나 싫으나 각자의 "종착역"이 있기
마련이다. 살아가는 데 바쁜 "사람들"은 생의 중요한 가치
를 잊고 분주하기만 하다. 반면에 시인은 삶에 대한 감사함
으로 충만하다. 지금 누리는 "공기 한 모금 물 한 모금"이
얼마나 소중하고 감사한 일인지 "절로 고개를 숙"일 지경이
다. 매번 "새로 눈을 뜨고 새로 심장 뛰고/ 새로 발이 땅에
닿"는 마음으로 "아침 햇살 한 아름 깊이 가슴에 품는" 시
인은 삶을 온전히 느끼고 사랑하는 자이다. 그에게 중요한
일은 "마주 앉은 사람과 김이 나는 음식을 들고/ 꽃을 대하
듯 말"하는 것이다. 세상의 가없는 아름다움을 들여다보고
"사랑"하는 일이 시인에게 주어진 유일한 지상명령이다. "

온 대지 위에 내리는 첫눈처럼/ 아가의 맑은 미소처럼" 때
묻지 않은 순진무구한 얼굴로 세상의 뭇 사물들을 다정하게
만나야 한다. 작은 미물에 가까운 "별들의 소곤거림과 창밖
의 귀뚜라미 소리/ 모두 사랑"하면서 시를 쓴다. "부북 연
꽃단지에서 우연히 마주한 빅토리아수련"의 "한 장 한 장 물
들여가는 꽃잎들"을 보면서 "내 안으로 옮겨오는 시의 꽃 한
송이를 본다"(「빅토리아수련」)라는 시구에서도 생의 아름다움
을 있는 그대로 간절히 받아들이려는 시인의 모습을 발견할
수 있다. "나무처럼 계절의 옷을 갈아입었을 뿐인데/ 첫날
새벽까치처럼 찾아온 일흔"(「세븐티 여행」)을 맞이하는 시인의
자세는 이처럼 따듯하다.

　박순희 시인의 시 쓰기는 세상의 작은 사물에 귀 기울이
는 이순耳順에서 시작해 모성적 존재의 사랑을 깨닫고 이를
마음으로 받아들이고 실천하는 고희古稀에 이르는 수행의
과정이다. 죽음이라는 허무를 극복하고 생에 대한 무한한
긍정으로 가기 위함이다. 세상을 한층 더 밝고 따스한 불빛
으로 채우기 위해 "시의 텃밭 다시 가꾸네/ 봄날의 시 꽃피
우려네"(「불씨」)라고 노래한다. 그는 "체온이 식은 자리"를 더
듬고 "울음소리"(「빈 의자」)에 귀 기울이며 이 세상의 아픈 곳
에 "한 가닥 온기(溫氣)의 빛"(「어깨의 힘-아녀 소사이어티 김씨」)을
비추기 위해 시를 쓴다. 시집 『이웃집 불빛』은 박순희 시인
이 독자들에게 내어주는, "펄펄 끓는 물에 멸치 새우 다시
마/ 진한 국물을 우려낸" "엄마표 국수"이다. 모두들 "둥근
식탁"에 둘러앉아 "국수처럼 매끈한 가락 위에 웃고명 얹은

진한 글"(『엄마표 국수』)을 맛보기 바란다. "가만히/ 국물 속으로 녹아드는 마음"이 한없이 따듯하고 포근해져서 이웃을 품는 사랑이 무엇인지 깨닫게 되리라.